수지.

2017. 11. 11 배수지.

홍주로 살았던 시간이 정말 행복했습니다.
〈당신이 잠든 사이에〉와 홍주를 사랑해주신
모든 시청자분들께 감사드립니다.

SBC 뉴스 남홍주입니다. ^^

나의 찬란했던 20대의 마지막 작품!
'당잠사' 사랑해주셔서 감사합니다 ♡
사랑합니다!!   2017년 12월 ..

당신이 잠든 사이에

PHOTO ESSAY

당신이 잠든 사이에

초판 1쇄 인쇄 2017년 12월 1일
초판 1쇄 발행 2017년 12월 18일

제작 아이에이치큐 (iHQ)

펴낸이 金滇珉
펴낸곳 북로그컴퍼니
편집 김옥자 · 서진영
디자인 김승은 · 송지애
마케팅 강동균 · 이예지
경영기획 김형곤

사진 김도현 · 송현종

주소 서울시 마포구 월드컵북로1길 60 (서교동), 5층
전화 02-738-0214
팩스 02-738-1030
등록 제2010-000174호.

ISBN 979-11-87292-80-7 03810

※ 잘못된 책은 구입한 곳에서 바꿔드립니다.
※ 이 책은 북로그컴퍼니가 저작권자와의 계약에 따라 발행한 책입니다.
   저작권법에 의해 보호받는 저작물이므로 무단 전재와 복제를 금합니다.
※ 이 도서의 국립중앙도서관 출판예정도서목록(CIP)은 서지정보유통지원시스템 홈페이지(http://seoji.nl.go.kr)와
   국가자료공동목록시스템(http://www.nl.go.kr/kolisnet)에서 이용하실 수 있습니다.(CIP제어번호: CIP2017031106)

당신이 잠든 사이에

북로그컴퍼니

CONTENTS

세상의 모든 비극에는
후회의 순간이 존재한다.
그 순간을 미리 꿈 꾸는 사람이 있다면
그 비극을 막을 수 있을까?

살면서 만나고 싶지 않은 끔찍한 순간이 있다. 그리고 그 끔찍한 순간이 닥치기 전 그 순간을 만든 아주 사소한 선택들이 있다. 그 사소한 선택들은 훗날 후회란 이름으로 뒤늦게 우리를 찾아오는데, 만일 그 사소한 선택들을 바꿀 수 있다면….
누군가에게 닥칠 불행한 사건 사고를 꿈으로 미리 보는 여자와 그 꿈이 현실이 되는 것을 막기 위해 고군분투하는 검사의 이야기.

"꿈에서 당신을 보았습니다."

당신이 잠든 사이에….

정재찬 역 ＊ 이종석

"아무도 믿지 못하겠지... 내가 바꾼 미래를..."

한강지검 형사3부에 발령받은 말석 검사. 중학교 때까지는 단 한 번도 전교 꼴찌를 놓쳐본 적 없는 꼴통이었다. 경찰이었던 아버지는 아들이 자신보다는 더 잘난 놈이었으면 하는 바람으로 법대생인 유범을 과외선생으로 붙여줬다. 그러나 성적을 올릴 때마다 과외비 만 원을 올려준다는 말에 유범은 재찬에게 성적표 조작을 제안하고, 이에 동참한 재찬은 아버지를 실망시킨다. 이후 누군가에게 실망이 되는 것이 얼마나 아픈 일인지 알게 된 재찬은 누군가의 기대를 실망으로 바꾸지 않기 위해 기를 쓴다. 그 노력이 꼴찌였던 재찬을 검사의 자리까지 이끈 동력이 됐는데, 한강지검에 발령이 난 이후로 뭔가 인생이 꼬이는 느낌이다. 엮이고 싶지 않았던 유범과 다시 만난 데다 깐깐한 선배들과 부장검사 사이에서 유능한 검사로 인정받고 싶지만 맘대로 되지 않는다. 이게 다 재수 없는 앞집 여자 홍주를 만나고 나서부터 생긴 일이다.

남홍주 역 ＊ 배수지

"없다니까... 당신밖에..."

안경을 끼고 대충 묶은 머리, 향초로 무마하는 꾀죄죄한 방 냄새까지… 누가 봐도 백수의 몰골이지만 백수라고 무시했다간 따박따박 논리로 맞대응하기 때문에 괜히 말로 싸움 걸었다간 봉변당하기 쉽다. 뿐인가? 가끔 꾸며놓으면 제법 예쁘기까지 하다. 사실 홍주는 유력 방송사 SBC 소속 기자. 어느 날부터 그녀가 꾼 꿈이 현실로 일어나기 시작했는데, 그 꿈대로 사랑하는 아버지를 잃었고 자신마저 기자로 활동하다 죽는 꿈을 꾸게 된다. 그 충격으로 잠시 휴직 중. 미래를 알지만 바꿀 수 없다는 무력함 그리고 알고도 바꾸지 못했다는 죄책감이 오랜 시간 홍주를 괴롭혔다. 그런 홍주를 절망의 나락에서 구해낸 사람이 있다. 바로 앞집에 이사 온 남자 정재찬. 검사면서 의협심까지 남달라 보이는 저 사람이라면 그동안 꿈에서 본 끔찍한 미래를 바꿀 수 있을지 모른다는 희망이 생겼다. 그와 함께라면 꿈을 꾸는 게 마냥 두려운 일이 아닐지도 모른다.

이유범 역 * 이상엽

"서로서로 다 좋은 거... 그게 윈윈이란 거야."

전직 잘나갔던 검사, 현직 더 잘나가는 형사 전문 변호사. 서글서글한 호남형 외모에 대인관계도 원만해 남녀노소 모두에게 두루두루 인기가 많다. 그러나 원하는 것을 얻기 위해 '윈윈' 이란 말로 그럴듯하게 포장하면서 거짓과 조작을 저지른다.

신희민 역 * 고성희

"무조건 기소하고 잡아넣는 거?
그거 정의 아니야. 호기지."

형사 3부의 삼석 검사. 재찬의 대학 1년 후배지만 검사 경력으로는 2년이나 위. 때문에 재찬과 '선배님' 호칭으로 신경전을 벌인다. 언뜻 봐서는 험한 피의자들에게 휘둘릴 것 같아 보이지만 기소율 높은 실력 있는 검사다.

한우탁 역 * 정해인

"이 정도면 우연 아니고 운명 맞네요."

누군가를 구하고 지키는 히어로를 동경해 경찰이 됐으며 경찰을 천직으로 여긴다. 그러던 어느 날, 횡단보도를 건너다 재찬의 도움을 받아 가까스로 교통사고를 피하게 된다. 그날부터 자꾸만 사고를 막아준 재찬의 미래가 꿈에 보이기 시작한다.

01

당신이 잠든 사이에

막 잠에서 깨어난 홍주는 당황스럽다. 꿈에서 누군지 모를 남자를 안아버린 것. 개꿈으로 넘길 수 없는 건 그녀가 꾼 꿈은 반드시 이루어지기 때문이다. 꿈은 5분 후의 일이기도 하고, 그보다 먼 미래의 일일 때도 있다. 행복한 꿈이 있는가 하면 불행한 꿈도 있다. 시도 때도, 특별한 법칙도 없는 꿈들이지만 한 가지만은 분명하다, 언젠가는 반드시 현실이 된다는 것! 무슨 일인지는 명확하지 않지만 그 남자를 안고서 한 말은 또렷하다. "난 당신 믿어요. 나니까. 믿을 수 있어." 그런데 세상에, 꿈속 그 남자가 앞집으로 이사를 왔다.

얼마 후 홍주는 또다시 그 남자가 나오는 꿈을 꾸는데… 때는 2월 14일 밸런타인데이, 꿈속에서 홍주는 교통사고로 의식을 잃는다. 이후 열 달 만에 의식을 찾고는 자신이 교통사고를 냈고, 사람이 죽었다는 이야기를 듣는다. 급기야 사망 합의금과 치료비를 마련하느라 집도 가게도 다 팔고 쉬지도 못한 채 일하던 엄마마저 사망했다는 소식을 접한다. 유범이 사건 현장을 조작해 홍주를 교통사고의 피의자로 만들었던 것.

깜짝 놀라 잠에서 깨어난 재찬. 우연일까, 필연일까, 재찬은 홍주와 같은 상황을 꿈 꾸게 된다. 그리고 그 꿈에서 홍주는 슬픔을 이기지 못하고 자살 시도를 한다. 너무도 생생한 꿈. 꿈속 그 여자의 슬픈 표정이 좀처럼 잊히지 않는데….

"괜찮습니까?"

16

오늘은 2월 14일 밸런타인데이.
눈이 내리는 이 밤에
그가 내게로 왔다.

"고맙습니다."

내가 꿈에서 처음 본 남잘 안았어!
저 사람이야! 내가 꿈속에서 안은 남자!

6626
영랑공원·상구공영차고지
배차간격 4~6분
첫차 05:05 막차 23:45

수정못오거리 ▶ 한강중학교
(구)한강구청 ▶ 상구공영차고지

뭐야, 왜 하고많은 자리 중에 내 옆자리야?
어떡하지? 침착하자!
난 저 사람한테 관심 없다, 전혀 없다!
근데 저 남자 나한테 관심 있는 건가?
앞집 여자가 아는 여자 되고, 아는 여자가 안는 여자 된다?
아니야, 아니야, 속단은 금물, 자뻑은 개쪽!
정신 차려, 남홍주!

모든 것이 꿈속 그녀의 말대로다.
'이게 당신 꿈이라면 얼마나 좋을까.'
그 목소리, 그 눈빛.
그래, 그냥 꿈일 뿐이야.
그런데 자꾸만 신경이 쓰인다.

"내가 믿어줄게요, 내가. 믿어줄 테니까, 이리 와요."

　　　　　　　　　"고마워요. 믿는다고 해줘서."

하긴, 누가 믿을 수 있을까?
내가 당신을 꿈속에서 봤다고.
내 꿈속 당신이 너무 슬퍼서
그 꿈을 바꾸러 여기 왔다고.
아무도 믿지 못하겠지.
내가 바꾼 미래를….

난 믿어요. 나니까… 당신 믿을 수 있어.

고맙습니다.

02

좋은 놈 나쁜 놈 이상한 놈

홍주에게 재찬은 좋은 사람이다. 유범의 사악한 실체를 알려줬고, 앞으로 닥칠 끔찍한 미래를 막아준 사람이기 때문이다. 그러나 재찬에게 홍주는 이상한 사람이다. 세상 누구도 믿어주지 않을 것 같은 자신의 말을 무조건 믿는단다. "나도 그런 꿈을 꾸거든요. 그리고 그 꿈은 반드시 이뤄져요. 당신처럼…." 충격적이다. 이런 꿈을 꾸는 사람이 또 있다고?

같은 시각 재찬의 동생 승원은 친구 소윤의 피아노 연주회에 갔다가 뜻하지 않은 장면을 목격한다. 소윤의 인터뷰 도중 엄마 금숙이 갑작스레 쓰러지면서 유명 학원장인 소윤의 아버지 준모의 가정폭력이 의심되는 상황이 발생한 것. 준모의 담당 변호사 유범은 진단서와 정황을 조작하여 상해죄가 아닌 폭행죄를 주장한다. 피해자가 처벌을 원해야만 죄가 되는 폭행죄. 금숙은 소윤의 미래를 위해 준모의 처벌을 원하지 않는다는 처벌불원서를 제출한다. 이에 소윤은 아버지를 살해할 계획을 세운다.

한편 선배 검사들의 등쌀과 유범의 도발에 오기가 생긴 재찬은 쌓인 미제 사건을 모조리 처리하겠노라 팔을 걷어붙이고 야근을 하다 깜빡 잠이 든다. 그리고 동생 승원이 경찰에 잡혀가는 꿈을 꾸게 되는데, 앞집 여자가 또다시 꿈에 나온다. "믿어달라고 했잖아요. 믿었으면 바꿀 수 있었어." 아무래도 느낌이 싸하다. 자리를 박차고 나간 재찬은 홍주를 찾는데….

"내가 진짜 미래를 바꿨다면 어떤 일이 일어나는 거죠?"

"흐르는 물길을 막으면 다른 물길이 생기는 것처럼
당신이 원래 일어날 일들을 막았으니까
시간이 다른 쪽으로 흐르겠죠?"

좋은 쪽으로든,
나쁜 쪽으로든.

"못 믿는 게 아니라 안 믿는 겁니다.
또 그런 꿈 꾼대도 절대 안 믿을 겁니다.
꿈속에서 누가 죽든 말든 상관 안 해!
믿으면 구해야 되고 살려야 되니까!
그걸 못하면 다 내 책임이고,
끝도 없이 자책을 해야 되고.
그게 감당이 됩니까?"

"매번 이런 식이었나 봐?
있던 죄도 깔끔하게 없애주면서
단골 만드는 거잖아.
이런 거 몇 번 해주면 단골이 되나?"

"왜 애꿎은 내 의뢰인한테 한풀이냐?
안 되는 거 되게 해달라는 거 아니야.
있는 죄 없애달라는 것두 아니고
법대로 원칙대로 해달라는 거야!"

은밀하게 위대하게

홍주와 재찬은 서로의 꿈을 조합해 앞으로 닥칠 비극의 실체를 알아낸다. 승원이 금숙을 폭행하는 준모를 말리다 사고가 발생해 사람을 죽이게 된다는 끔찍한 미래. 재찬과 홍주는 사고를 막기 위해 승원을 찾아 나서고, 사건 현장에서 그들과 같은 꿈을 꾼 또 다른 인물을 만나게 되는데… 재찬이 유범과 홍주의 교통사고를 막지 않았다면 그 사고로 희생당했을 인물, 경찰관 우탁이다.

가까스로 사고를 막은 홍주는 소윤과 금숙을 집으로 데려와 머물게 하고, 불기소 처분으로 준모의 사건을 종료하려 했던 재찬은 유범의 도발과 방해에도 불구하고 사건을 재검토하기 시작한다. 그 과정에서 재찬은 경찰관이었던 아버지가 탈영병에게 총을 맞고 사망한 옛 기억을 떠올리고 정의와 호기 사이에서 계속 갈등하게 된다.

그런 재찬 앞에 다시 나타난 우탁. 우연이라 했지만 사실은 우연이 아니다. 전날 밤 꿈에서 그날 저녁 벌어질 끔찍한 사건을 미리 보고 재찬을 기다리고 있었던 것. 그리고 그 자리에서 우탁은 사소한 한 가지를 바꾸는데… 그 한 가지가 잠시 후 벌어질 끔찍한 순간을 막을 수 있을까?

포수가 된 기분일 거다.
구속 160짜리 공이 날아오는데
빈자니 무섭고,
피하자니 경기를 망칠 거고,
그런 기분….

"딴사람은 몰라도 난 알지.
 그쪽 고생 많이 한 거….
 진짜 수고했어요."

"안경 말고 렌즈 같은 거 없어요?"
"왜요? 안경 벗는 게 나아요?"
"아니, 아까 김 서리는 거 보니까 불편해 보여서."
"나는 안 불편한데? 달라 보이나? 또 반했나?"

"뺑카를 치려거든 사람 봐가면서 쳐.
네 패! 내가 다 알고 있으니까!"

"모르는 것보다 무서운 게 뭔 줄 알아?
다 안다고 생각하는 거!"

왜 자꾸 엮이는 걸까?
아버지, 남홍주, 이제는 상대 변호인.
이 정도면 악연도 보통 악연이 아니다.

피할 수 없다면 맞서 싸우리!

"검사가 사건을 깐깐하게 보는 게 잘못입니까?
한풀이로 오해하셔도 상관없습니다.
그 오해 피하자고 대충 불기소 처리하면
나중에 더 끔찍한 사건으로 다시 찾아올 겁니다.
그래서 전 예전 사건까지 몽땅 다 재기해볼 생각입니다.
아주 깐깐하게!"

"표리부동 스타일?"

"굳이 따지자면 언행일치 쪽!"

"정의를 세우는 것과
힘없는 사람을 돌보는 게
서로 충돌할 때가 있더라고?
근데도 모른 척하는 건
선택권을 주는 거야.
가시 돋친 울타리 안에라도 있을지…
아님 가시밭 한가운데로 나갈지."

04

어 퓨 굿 맨

모든 것이 우연이 아니었다. 우탁이 재찬을 홍주네 삼겹살집에 데리고 온 것도, 그곳에 유범이 들이닥친 것도. 재찬은 우탁에게 이 모든 것들을 설명하라고 다그치고, 우탁은 꿈을 꿨다고 대답한다. 이렇게 예지몽을 꾸는 '삼룡이 나르샤' 재찬, 우탁, 홍주가 한자리에 모였다.

재찬이 준모를 기소할 수 있느냐 없느냐를 두고 홍주와 우탁은 각기 다른 꿈을 꾼다. 홍주의 꿈에선 기소 실패, 우탁의 꿈에서는 기소 성공. 꿈의 조각들을 맞춰가던 둘은 서로의 꿈에서 다른 점을 발견하고 재찬에게 그 사실을 전한다. 그러나 재찬은 좀처럼 믿으려 하지 않는다. 유범에게 호의적인 수사관 담동이 조사를 하면 기소를 하게 되고, 재찬이 조사를 하면 기소를 못하게 된다니….

고민 끝에 담동에게 조사를 맡긴 재찬. 불안한 마음으로 지켜보는데 어째 조사는 유범이 짜 놓은 시나리오대로 흘러간다. 그러나 오랜 경력의 담동은 아주 사소한 데에서 이상한 점을 발견하고, 결국 재찬은 준모의 자백을 이끌어낸다. 사건을 잘 마무리하고 벚꽃이 휘날리는 거리에서 만난 홍주와 재찬. 서로에게 고마운 마음을 표현하게 되는데….

"혹시 기대한다, 약속 지켜라, 믿는다…
이런 말이면 하지 말죠? 오늘 넘치게 들었으니까.
특히 그쪽한테는 더 듣고 싶지가 않습니다."

기내하셨단 말이 왜 그렇게 듣기 싫을까,
그냥 응원인데….

그런데…
지나가는 강아지도 실망시키기 싫다는 사람.
그래서 그 응원이
'열심히 꼭 해내라, 못 해내면 실망할거다'
그런 협박처럼 들린다고….

그런 그에게 자꾸만 관심이 쌓인다.
자꾸만 마음이 생긴다.

꿈에서 본 그대로다.
피곤을 이기지 못한 그가
늘어지게 하품을 하고는
따뜻한 햇살 아래 꾸벅꾸벅.

오늘 아침,
나는 그에게 어깨를 내어준다.
아주 잠깐이지만
기분 좋은 꿈을 꾸듯
달콤한 순간이기를….

어려운 사건이 해결된 날,
그녀는 그를 기다렸고,
그는 그녀를 찾아 헤맸다.
수고했다는 말을 해주고 싶어서,
잘해냈다는 말을 전하고 싶어서.
그러나 도무지 보이지 않는 그 그리고 그녀.

"영덕대게처럼 팔 긴 그 남자 여기 안 왔어요?"

"진짜 개똥 같은 여자네. 약에 쓰려면 안 보여!"

"나 실망 안 해요.
해내면 잘해줘서 고맙고 못해내도 애써줘서 고마운데
왜 실망을 하겠어요?
그러니까 내가 응원하는 거 싫어하지 마요."

저를 응원하는 사람이 생겼어요.
해내든 못해내든 괜찮다고 해줄 사람입니다.
그런데도 자꾸 해내고 싶은 마음이 듭니다.
고마워요.

05

그녀를 믿지 마세요

비록 꿈이지만 홍주의 키스를 받아들인 재찬. 이제 더 이상 들이대는 홍주에게 말려들면 안 된다. 재찬은 우연히라도 홍주와 마주치기 싫어 평소보다 일찍 출근하는데 홍주는 어떻게든 재찬을 보고 싶어 일찍 카페에 나와 기다린다. 막상 자신을 기다리는 홍주를 보자 재찬은 그녀가 점차 궁금해진다.

기자로 죽는 꿈을 꾸었던 홍주는 복직을 앞두고 마음이 심란하다. 이미 수차례 반복된 꿈이다. 때문에 기자를 관두고 엄마와 같이 식당일을 하면서 살겠다고 다짐했지만 꿈을 바꾼 재찬 때문에 혹시나 하는 기대가 생겼다. 그런 홍주를 보는 엄마 문선의 마음은 불편하기만 한데 홍주는 문선을 안심시키기 위해 꿈에서 본 또 다른 사고를 막으러 갔다가 위험한 상황에 처한다. 그때 마침 나타난 재찬, 그리고 우탁. 세 사람은 또 한 번 미래를 바꾼다.

홍주의 복직을 응원하지만 내심 걱정이 되는 문선은 매일 아침밥을 차려주겠다며 재찬에게 홍주를 부탁한다. 드디어 홍주가 기자로 복직하는 날, 재찬은 홍주가 그에게 해주었던 것처럼 그녀를 응원하는데….

그녀의 마음이 고마우면서도 두려워진 그.
그 마음 때문에 고단해지기 전에,
그 마음이 커지기 전에 도망치고 싶었던 남자.
그런데 도무지 도망갈 수 없게 하는 여자.

"복직하면 내 얼굴 보는 거 힘들어지는데, 원해요?
난 복직보다 그쪽 얼굴 보는 게 더 좋은데?"

농담처럼 내뱉었지만
평소와 다르게 사뭇 진지한 그녀.
당최 속을 모르겠다.

백수처럼 보이지만 실은 꽤 유능한 기자.
예전으로 돌아가고 싶지만 아직은 두렵다.
그 꿈, 죽음을 향한 그 꿈이…
그녀를 가로막고 있다.

"N극과 S극 같은 건가? 이유 없는 끌림? 운명?"

혼자서 파이팅을 외치고 있지만
선뜻 걸음을 떼지 못하는 그녀.
그녀가 떨고 있다.
횡단보도, 신호가 바뀌었지만 여전히 멈칫하는 그녀.

표정이란 참 묘하다.
표정으로 누군가의 기분, 생각, 마음을
거울처럼 알 수 있지만
표정으로 그 누군가는 기분, 생각, 마음을
가면처럼 감출 수도 있다.

그러나 아주 찰나의 순간…
가면과 거울의 경계를 허무는 순간이 있다.
아무도 보지 못한 진심, 들키고 싶지 않았던 마음이
세상에 아주 잠시 드러나는 순간!
그 순간을 마주하게 된다면 눈감지 말자.
보고도 모른 척 피하지 말고 직시하자.

나는 지금 그녀에게도 간다.
그녀의 떨리는 손을 잡는다.

"이럼 나 완전 들러붙고,
　맨날 데려다달라고 하고,
　지켜달라고 떼쓸 텐데?"

"그래서 안심이 되면 그래 볼게요."

"왜 이래요? 진짜 같잖아!"

"진짠데… 안 믿겨지나? 그래서 울어요?"

"믿어지니까 울죠!
　안심이 되니까!
　너무 듣고 싶었던 말이니까!"

06

눈먼 자들의 도시

홍주네 집에서 매일 아침을 먹기로 한 재찬과 승원. 재찬은 푸짐한 홍주네 아침 밥상에 놀라고, 홍주의 추접한 실체에 한 번 더 놀란다. 자신을 놀리는 재찬이 얄미운 홍주는 그동안 꿈속에서 재찬의 일상을 다 봤다며 한 치 물러섬이 없다.

홍주네 동네에서 치킨집을 하는 대희는 교통사고를 내는데 그 사고로 남동생이 죽게 된다. 보험금을 노린 것이라 의심받게 된 대희는 유범을 찾아가 무죄 판결을 받을 수 있게 해달라고 요구한다. 사실 동생은 교통사고가 나기 이전에 이미 사망했다. 대희가 동생을 청산가리로 살해하고 사고사로 위장했던 것. 때문에 극구 부검을 반대하고 빠르게 화장을 진행했다. 결국 심증은 있지만 물증이 확실치 않다는 이유로 대희는 무죄를 선고받는다. 그러나 범인은 또 다른 동생 초희 앞으로 상당한 보험을 넣어둔 상태.

기자로 복직한 홍주는 길고양이 연쇄 살해 사건을 맡아 취재하게 되는데 우탁의 도움으로 고양이에게 '치킨 주는 남자'라는 단서를 찾게 된다. 한편 홍주가 동생 살해범 대희에게 위협받는 모습을 꿈에서 본 재찬은 계속 신경이 쓰이는데….

환상의 커플?

환장할 커플!

진짜, 진짜였다.
두려움에 떨던 내게로 다가와
가만히 손을 잡아주던
이 남자의 진심.
새삼 듬직한 이 남자.

"당신 손잡고 횡단보도 건넜을 때
걱정이니 두려움이니 그딴 거 다 버렸어요.
당신 때문에,
당신이 옆에 있으니까."

"나랑 약속 하나만 합시다.
당신한테 위험한 상황이 닥치면
내가 찾아갈 수 있게 얘기해줘요.
내가 꿈에서 미리 알 수 있게, 꼭!"

"잘 하겠지만… 그래도 잘해주라.
후배로서 응원하는 거야. 진심으로."

07

말할 수 없는 비밀

재찬과 우탁은 절체절명의 위기에서 홍주를 구해내지만 그 과정에서 우탁이 큰 부상을 당한다. 이후 재찬이 대회를 재조사해 범죄 사실을 모두 밝혀내지만 재찬도 홍주도 우탁의 부상이 자신들 때문인 것 같아 괴롭다.

혼자 사는 우탁은 퇴원 후 홍주네 집에서 며칠 안정을 취하기로 하는데 재찬은 그런 우탁이 자꾸 신경 쓰인다. 한술 더 떠서 우탁은 재찬에게 이런저런 잔심부름을 시켜 더욱 성질을 돋우는데, 실은 자신에게 미안해할 재찬과 홍주를 위해 우탁이 일부러 짓궂게 대한 것. 그렇다고 나쁘기만 한 건 아니다. 그 핑계로 재찬과 홍주는 알게 모르게 데이트를 하게 된다.

한편 양궁 국가대표 유수경 선수가 사망한 상태로 발견돼 온 나라가 발칵 뒤집어진다. 용의자는 인터넷 설치 기사 도학영. 홍주는 학영이 우탁을 찾아오는 꿈을 꾸고 우탁에게 아는 사이냐고 묻는다. 우탁은 모르는 사람이라고 홍주를 안심시킨다. 그러나 그날 밤, 학영은 우탁을 찾아가 자신을 도와달라고 호소하는데….

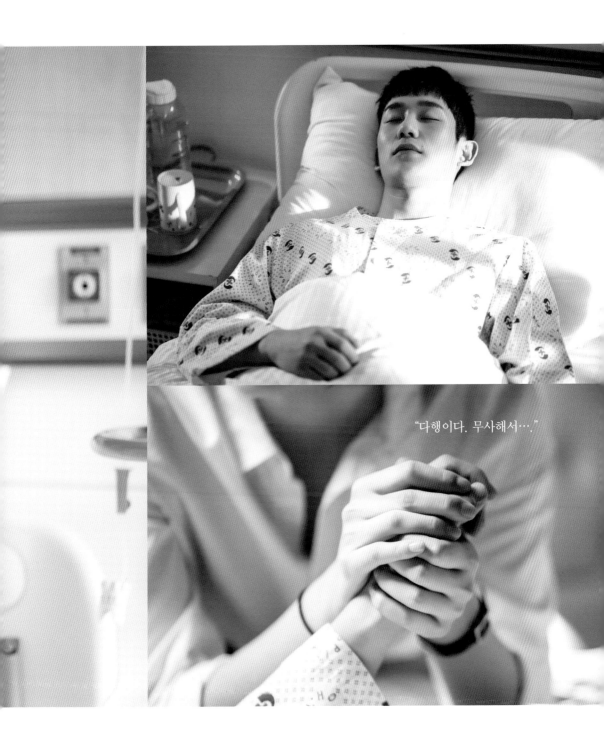

"다행이다. 무사해서….”

다 내 탓인 것 같다.
주변 사람들이 다치고, 힘들어지는 것들이.
자책으로 마음이 괴로웠던 그날,
그의 목소리가 나를 안심시켰다.

"잠시만 울어요.
자책은 짧게.
대신 오래오래 잊지는 말고.
그래야 갚아나가죠."

나, 미쳤나 봐.
시도 때도 없이 들이대!
내일부터 얼굴 어떻게 봐….

그와 그녀의 첫 키스.

그녀와의 입맞춤….
행. 복. 해.
부작용이라면…
혀가 짧아졌다는 거?

어젯밤 키스를 까맣게 잊은 듯 시침 떼는 그녀.
창피하고, 쑥스럽고, 그래서 도망치고 싶은 마음
내가 왜 모를까.
그래도 이 말은 꼭 해야겠다.
어제 일, 없던 일로 하면 되니까 피하지 말라고.
개똥처럼 찾을 때 없어지지 말라고.

그러니까, 그 말은…
내 옆에 꼭 붙어 있으라는 이야기.

08

오
만
과
편
견

홍주는 꿈에서 우탁이 학영에게 협박받는 모습을 목격한다. 아무래도 둘 관계가 수상한 홍주는 우탁의 집으로 향하고, 그곳에서 경찰에 자수하는 학영을 발견한다. 우탁은 살인범으로 몰린 친구 학영이 무고하다고 믿지만 정황상 그 누구도 학영의 무죄 주장을 쉽게 받아들일 수 없다. 학영에게 자수를 권한 우탁은 참고인 조사를 받게 된다. 학영의 무죄를 믿는 우탁은 적극적으로 학영을 변호하고, 학영이 범인이라는 결정적 증거가 없어 기소 여부를 판단하기 어려워진 재찬은 선배 검사들에게 참관을 요청한다. 알리바이는 불분명하고, 증거도 없는 상황. 답이 없다고 오답을 찍을 수 없는 형사3부 검사들은 깊은 고민에 빠진다.

한편 피해자 측의 고소 대리인이 된 유범은 학영의 과거 범죄 기록을 들춰 여론몰이를 하려 한다. 유범에게 관련 자료를 받은 홍주는 학영을 기소하지 못하면 재찬이 난감해질 거란 말에 내심 걱정이 되고….

답이 없다고

오답을 찍을 순 없다.

"법을 믿어보겠습니다."

"좋아합니다.
당신을 실망시키는 게
죽었다 깨어나도 싫을 만큼
많이 좋아해요.
미안합니다.
실망시켜서."

09

유주얼 서스펙트

홍주는 같은 상황의 꿈을 두 번 꾸는데, 꿈이 다르다. 횡단보도 반대편에 서 있던 재찬. 한 번은 아무 일 없이 재찬을 만나지만, 한 번은 재찬이 칼에 찔려 크게 다치고 만다. 잠에서 깬 홍주는 놀란 마음을 진정하지 못한 채 재찬의 집으로 달려가고, 꿈 이야기를 들은 재찬은 홍주를 다독인다.

학영을 불기소한 재찬은 유범의 기자회견으로 여론의 질타를 받는다. 유범은 한 발 더 나아가 재찬과 우탁, 학영의 관계를 알고 있다고 수사관 담동을 회유한다. 그러나 사건을 조사하던 재찬은 '로봇 청소기'라는 뜻밖의 단서를 발견하게 된다. 사라진 로봇 청소기를 찾아 폐가전처리 장으로 달려간 재찬은 그곳에서 홍주와 우탁을 마주하게 된다. 홍주와 우탁은 네티즌 댓글에 힌트를 얻어 미리 작업에 나섰던 것.

수거한 증거물에서 피해자의 혈흔이 검출되면서 학영은 무혐의 결론을 받게 된다. 한편, 관련 뉴스를 보던 재찬은 홍주의 브리핑에서 어린 시절 물에 빠진 자신을 구해주었던 '밤톨이'를 떠올리게 되는데….

"걱정 마요."

"제발… 다치지 마요."

분노는 당연한 것도 힘들게 만든다.
이번엔 내가 당신을 지킬 차례….

지금, 만나러 간다.
아주 오래된 친구,
나의 밤톨이,
나의 개똥이.

10

소년, 소녀를 만나다

어린 재찬이 아버지의 장례식장에서 만났던 아이, 야구모자를 쓴 남자아이라고만 생각했던 그 아이, 물에 빠진 자신을 구해준 밤톨이가 바로 홍주였다. 밤톨이와 함께 보낸 하루는 짧았지만 너무도 강렬했다. 때문에 재찬은 오래도록 밤톨이의 안부가 궁금하고 그리웠다. 그리운 친구를 만나러 가는 길, 재찬은 홍주의 꿈처럼 테러를 당하고 만다. 꿈보다 더 나쁜 쪽으로.

재찬이 무사히 깨어나지만 홍주는 마음이 편하지 않다. 아빠의 장례식장에서 만났던 재찬, 홍주는 그때의 일을 애써 모르는 척한다. 누구보다 사랑했던 아빠를 잃고 그 빈자리를 분노로 채웠던 한순간, 하마터면 사람을 죽일 뻔했던 일이 흉터이자 상처로 남아 있기 때문이다.

한편 자신을 테러한 유수경의 아버지가 같은 병원에 입원해 있다는 소식을 전해 들은 재찬은 그를 찾아가 오해를 바로잡는다. 그의 딸은 누군가에게 원한을 살 사람이 아니었다고, 누구에게나 좋은 사람이었다고. 그러고는 혼자 힘들어할 홍주에게 달려가는데….

밤톨이…
왜 몰라봤을까?

너에게 하고 싶은 말이 있어.
13년 전 그날을 아직 잊지 못한다는 말보다,
다시 만나 반갑다는 말보다,
더 하고 싶은 말.

미안해….
그때 그 말을 하지 말았어야 했는데.

'믿으면 구해야 되고 살려야 되니까
그걸 못하면 다 내 책임이고,
끝도 없이 자책해야 되고,
그걸 어떻게 감당해!'

얼마나 상처였을까.
늘 감당 못할 자책을 해왔을 너에게
너무나 모진 말을 했구나, 후회가 돼.
나 때문에 끝도 없는 자책을 하겠구나, 걱정이 돼.
그때 아무 말 하지 말고 우산 받을걸….
안 되겠다.
너에게 미안하다는 말을 꼭 해야겠다,

"보고 싶었어. 아주 오랫동안."

"걱정했어. 영영 못 깨어날까 봐."

"미안해요, 기억 못해서."

지금 그녀는 거짓말을 하고 있다.
그녀의 기억 속에 내가 없다고….
딱 하루였지만
난 그 하루, 일분일초도 다 기억하는데….

"기억해요. 어떻게 당신을 잊겠어.
내 인생 가장 슬펐던 날에 같이 있어준 사람,
가장 잊고 싶은 날을 만들어준 사람인데….

망설였어요, 나.
아주 짧은 순간이지만 끔찍한 생각을 품었어요.
아직도 그때 생각하면 손이 떨려요.
변명이 안 통하는 거 아는데
너무 사랑하는 사람을 잃어서,
그 빈자리가 너무 커서,
그래서 그 자리를 분노로 채웠더니
결국 후회가 흉터처럼 남았어요.
13년 전 당신은 나에게 상처고 흉터예요.
모른 척 덮으면 괜찮을 줄 알았는데
이렇게 아픈 거 보니까 아닌가 봐요."

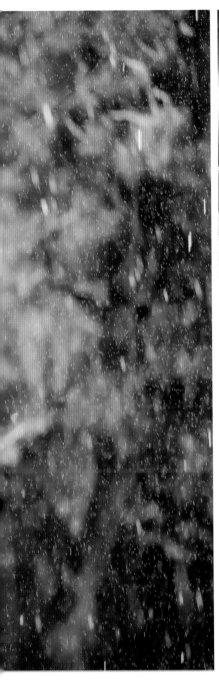

나도 망설였어요, 그때.
아주 짧은 순간이지만 망설였어요.
나도 그때 당신처럼 화가 아주 많이 났었거든.
그래서 그 마음과 싸우느라 많이 힘들었어요.
당신처럼 나도… 그 순간이 흉터였어.
그래서 잊고 살았는데 당신 때문에 생각이 났어.
근데 당신도, 나도, 결국엔 선택했잖아.
넘어선 안 되는 선을 넘지 않기로.

그러니까 이젠 피하지 마, 도망치지 마.
개똥처럼 자꾸 찾을 때 없어지지 마.

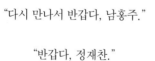

"다시 만나서 반갑다, 남홍주."

"반갑다, 정재찬."

11

죽거나 혹은 나쁘거나

재찬은 퇴원 후 홍주네 집에서 몸조리를 하게 되는데 재찬과 홍주가 13년 전 장례식장에서부터 인연이 있다는 걸 알게 된 문선은 돌연 냉랭한 태도를 보인다. 한편, 유명 소설가이자 대학 교수인 문태민은 새로 구상하는 작품에 자문을 구한다며 유범을 찾아온다. 자신처럼 소설가이자 교수인 주인공이 제자를 죽인 다음 사고사로 가장하는 설정. 그러나 이야기를 들은 유범은 그 이야기가 소설이 아닌 태민 자신의 이야기임을 단번에 알아차린다.

복직한 재찬은 문태민 사건을 맡게 되는데, 홍주와 우탁은 그 사건과 관련하여 재찬이 검사를 그만두는 꿈을 꾼다. 홍주와 우탁의 꿈처럼 뇌사 상태의 피해자를 검시하게 된 재찬은 사건이 단순 사고가 아니라는 걸 알게 되지만 피해자는 장기 이식을 서약한 상태. 부검을 해서 범인을 잡을 것인가, 부검 대신 장기 이식으로 7명의 생명을 구할 것인가, 재찬은 선택의 기로에 놓인다.

그러나 어떤 선택을 하더라도 재찬이 죄책감에 시달리다 검사를 그만두게 된다는 미래를 알게 된 홍주는 재찬을 그 선택으로부터 도망치게 하고 싶은데….

날씨가 더럽게 좋아서.
미세먼지도 없고, 당신도 쉬는 날이고.
그냥 일하기엔 너무 아까운 날이니까.
내일은 바다로 가볼까?

"내일 나한테 무슨 일이 일어나?
무슨 꿈이기에 자꾸 도망가라고 그래?"

"선택을 해야 돼. 아주 어려운 선택."

꿈대로라면 나는
어떤 선택을 하든 후회하게 된다.
그녀는 그 순간을 막으려 한다.
그래서 내가 절대로 도망가지 않을 거란 걸
누구보다 잘 알면서도
바다로 도망치자고 한다.

어떤 선택을 하든 후회한다면…
도망칠래, 나.
비겁하더라도 도망갈래.

"그게 바다 가는 복장이야?"
"어! 나 바다 갈 때 이렇게 입어. 슈트에 선글라스!"
"불안하구나? 딴사람이 당신 대신 고생할까 봐 신경 쓰이고."
"아니. 신경 안 써. 고생이 나한테만 너무 쏠렸어!"
"됐어. 바다는 나중에 가. 길이야 만들면 생기겠지."
"눈치 보다가 아니다 싶음 바로 바다로 튈게."
"힘든 선택이라고 분명 얘기했다. 마음 단단히 먹어!"

12

노
킹
온
헤
븐
스
도
어

장기 이식과 부검을 동시에 진행하기로 결심한 재찬. 큰소리는 쳤지만 솔직히 자신은 없다. 의기소침해 있는 재찬에게 홍주는 재판에서 이기고 함께 바다로 가는 꿈을 꿨다고 말해준다. 재찬은 그 꿈 얘기에 용기를 얻고 사건에 집중한다.

재찬은 태민을 살인죄로 기소한다. 그러나 변호인 유범은 피해자가 사망하기 전 뇌사 상태에서 장기 이식이 진행된 이상 그가 사망한 직접적인 이유를 태민의 책임으로 볼 수 없다며 무죄를 주장한다. 장기 이식에 동의한 보호자가 자책하는 가운데 재찬은 법정에서 '법의 정의'를 되묻고, 결국 태민은 죗값을 치르게 된다.

홍주가 다시 상처받을까 걱정하는 문선은 재찬 형제에게 더 이상 아침밥을 해주지 않겠다고 선언한다. 문선의 마음을 너무도 잘 아는 홍주와 재찬은 마음이 무겁다. 그러나 두 사람이 과거의 아픈 기억을 털어버리려 노력하는 모습을 보고 문선은 둘을 응원해주기로 한다. 그렇게 두 사람은 바닷가에서 둘만의 시간을 보내는데….

"이제 막 한글 뗐는데 내일이 수능인 기분이야.
느려 터진 거북이가 두 마리 토끼 잡는 기분이고."

"걱정 마, 느려 터져서 고생은 하는데 잡긴 다 잡으니까!
두 마리 토끼 잘 잡은 다음에 우리 바다 보러 가."

법은 책임이 누구에게 가장 크게 있는지
선명하고 공정하게 판단해야 됩니다.
판례에 따라 죄를 묻고, 묻지 않는다면
어디에서 정의를 찾아야 할까…
법은 이것을 헷갈리면 안 됩니다.
부디 '정의가 강물처럼'이라는 법언이
이 법정에서도 이루어지길 기대합니다.

"반차 낼 수 있어?
지금가면 한 시간쯤
바다 보고 올 수 있는데."

앞날을 미리 알 수 있다면 축복이겠구나,
그렇게 생각한 적이 있었다.
그러나 그 축복은 선물의 설레임을 앗아가고,
도전의 의지를 꺾어버리고,
희망의 불씨를 꺼버린다.
바꿀 수 없는 미래, 정해져 있는 앞날,
그것은 절망의 또 다른 이름이며
포기로 모든 것을 잃게 만드는
허무한 오늘의 반복이다.

내가 선물한 이 순간 이 바다가
그 허무한 반복에 쉼터가 됐기를,
부디… 설레는 하루였기를.

승원의 친구 대구는 살인죄로 수감되어 있던 아버지 명이석이 자살했다는 소식을 접하고 오열
한다. 아버지의 장례를 치른 대구는 승원에게 아버지의 죽음이 유범 때문이라고 털어놓는다.
그러고는 재찬에게 전해달라며 이석의 유서를 건넨다.

홍주는 '검찰 체험 3일'이라는 기획 아이템으로 재찬이 속해 있는 한강지검 형사3부를 취재하게
된다. 실수투성이에 일처리가 늦어 미제 사건이 차곡차곡 쌓인 말석 검사 재찬은 홍주에게 자
신의 못난 모습을 들킬까 봐 잔뜩 긴장한다. 그날 밤, 재찬은 핸드폰 상습 절도 용의자 대영을
면담하게 되고, 그를 통해 절취한 핸드폰 안에 들어 있던 파일을 옮겨 담은 USB 하나를 건네받
는다. 그리고 그 속에서 '링거 연쇄 살인 사건' 피해자들을 발견한다.

재찬은 핸드폰 주인을 추적해 한강변에 위치한 컨테이너를 찾아가지만 진범 또는 공범으로 추
정되는 용의자는 이미 사망한 상태. 그 순간 홍주가 컨테이너로 들어오고, 누군가 밖에서 문을
잠그는데….

선물 같은 순간이었다.
여기 이 순간을 있게 해준 그동안의 선택에 감사할 정도로.
어리석게 보였던 모든 선택들은 결국 현명했고,
후회스럽게 느껴졌던 모든 선택들도 결국 옳았다.
그만큼 모든 게 설레고 예뻤다.
모든 게… 다행이었다.

"어떻게 알고 왔어? 또 내 꿈 꿨나?"

"아니. 꿈까지 필요 없어.
당신 속 이제 빤히 보이거든."

14

캐치미이프유캔

핸드폰 주인을 찾으러 갔다가 누군가 계획적으로 저지른 방화 때문에 위험에 빠진 재찬과 홍주. 담동이 극적으로 두 사람을 구해낸다. 그리고 재찬은 석연찮은 것투성이의 '링거 연쇄 살인 사건'을 재수사하게 된다. 차석 검사 지광은 과거 이 사건을 수사한 유범과 담동을 모두 조사해야 한다고 주장하지만 재찬은 담동은 조사할 필요 없다고 맞선다. 그러나 홍주마저 담동을 의심하자 재찬은 홍주와 처음으로 각을 세우게 된다.

한편 유범은 '링거 연쇄 살인 사건'으로 계속해서 협박 문자를 받는다. 그런데 마침 홍주가 찾아와 당시 범인으로 지목된 명이석 이야기를 꺼낸다. 유범은 그 사건을 해결해 검찰총장상까지 받았지만 실은 증거를 조작해 명이석에게 누명을 씌웠던 것. 유범은 불안한 마음을 감추지 못하고 협박범에게 답장을 보낸다.

유범 앞에 모습을 드러낸 협박범은 '링거 연쇄 살인 사건'의 진범. 그는 유범이 증거를 조작했다는 사실을 약점 삼아 완전 범죄를 꾀하는데⋯.

"우리 지금 싸운 건가?"

"얼른 화 풀어. 불편해."

"알았어. 다 풀게. 풀었어."

"의심해서 미안해.
근데 의심하기 싫어서 그런 거야.
가만있으면 의심만 커지잖아.
믿고 싶어서 그랬어."

15

스
탠
바
이
미

유범과 '링거 연쇄 살인 사건'의 진범인 하주안에게 납치된 홍주는 해광로펌 옥상에서 절체절명의 위기를 맞는다. 하주안이 놓은 주사로 홍주가 서서히 죽음을 향하는 사이, 유범은 하주안을 옥상 아래로 떨어뜨려 살해한다. 그런데도 유범은 정당방위를 주장해 재찬을 분노케 한다. 한편 재찬을 찾아온 담동은 13년 전 재찬과 홍주의 아버지를 죽음으로 본 탈영병이 자신의 동생이었음을 고백하면서 미안하고 또 고마운 마음을 전한다.

홍주가 사망할 줄로만 알았던 유범은 마음 놓고 당일 정황을 꾸며대지만 홍주는 극적으로 깨어난다. 재찬은 재판이 진행될 때까지 경찰에 홍주의 신변보호를 요청하고, 우탁이 홍주를 경호하게 되자 유범을 향한 분노를 가라앉히고 차분하게 재판 준비를 시작한다.

드디어 재판이 시작되고 담동과 홍주, 우탁이 증인으로 참석한다. 그러나 유범의 변호인은 차례로 그들의 진술을 탄핵하는데….

"다행이다. 정말 다행이야."

"나 괜찮아."

어제, 오늘, 그리고 내일…
관성처럼 비슷한 하루를 살던 우리에게
아주 특별한 날이 시작되고 있었다.

16

증인으로 출석한 우탁은 현장 상황에 대해 질문을 받는데 결정적인 순간 '색약'임을 고백해 재
판장이 일순간 어수선해진다. 경찰에게 색약은 당연퇴직 사유이기도 한데, 그럼에도 불구하고
우탁은 자신의 비밀을 솔직히 밝히고 자신만의 방식으로 증언을 해나간다. 재판은 잘 마무리됐
지만 우탁에게 피해를 준 것만 같아 재찬도, 홍주도 마음이 무겁다.

재판 전에 유범을 만난 담동은 그가 해외 도피를 염두에 두고 있다는 것을 눈치채고 재찬에게
그 사실을 알린다. 한강지검 형사3부는 유범이 도주하지 못하도록 긴급히 '출국금지' 시킨다.
담동은 유범에게 더 이상 도망치지 말라고 설득하지만 이성을 잃은 유범은 담동을 자신의 차로
치어 숨지게 한다. 결국 검찰에 연행된 유범은 범행 일체를 자백하고 재찬은 유범에게 무기징
역을 구형한다.

경찰직에서 물러난 뒤 집에서 꼼짝하지 않는 우탁을 찾아간 홍주와 재찬. 꿈에서 우탁이 1년
후 로스쿨에 다니는 미래를 봤다며 재찬이 공부했던 책과 문선이 챙겨준 밑반찬을 공수한다.
우탁은 그렇게 새로운 출발을 하고, 재찬과 홍주는 지광의 결혼식에서 엉겁결에 부케를 받게
되는데…

그 아저씨, 잘 살고 있을까?
만일 다시 만나면 알아볼 수 있을까?
그 아저씨도 우리를 만나고 싶어 할까?

훗날 아저씨를 다시 만났을 때
아저씨는 우리보다
더 자주, 더 많이, 그리고 더 간절히,
우리를 만나고 싶었다고 했다.

긴 세월을 돌고 돌아 우리를 만나러 온 아저씨를
우린 꽤 오랫동안 알아보지 못했다.

작은 물결처럼 흩어져 있던 사소한 사건들이
서서히 다가와 큰 파고를 이루며
우리를 아저씨 곁으로 인도하기 시작했다.

"자책은 짧게, 기억은 오래오래, 기억하지?"

"아저씨, 아저씨, 가지 마세요!"

삶이 그대를 속일지라도 슬퍼하거나 노하지 말라.
마음은 미래에 사는 것, 현재는 슬픈 것.

"난 그냥 운이 나빴던 거라고."

"아니, 운이 나쁜 게 아니야. 형이 나쁜 거야."

괜찮아, 이제 끝났어.
내가 옆에 있잖아.
매일매일 평생 네 곁에 있을게.

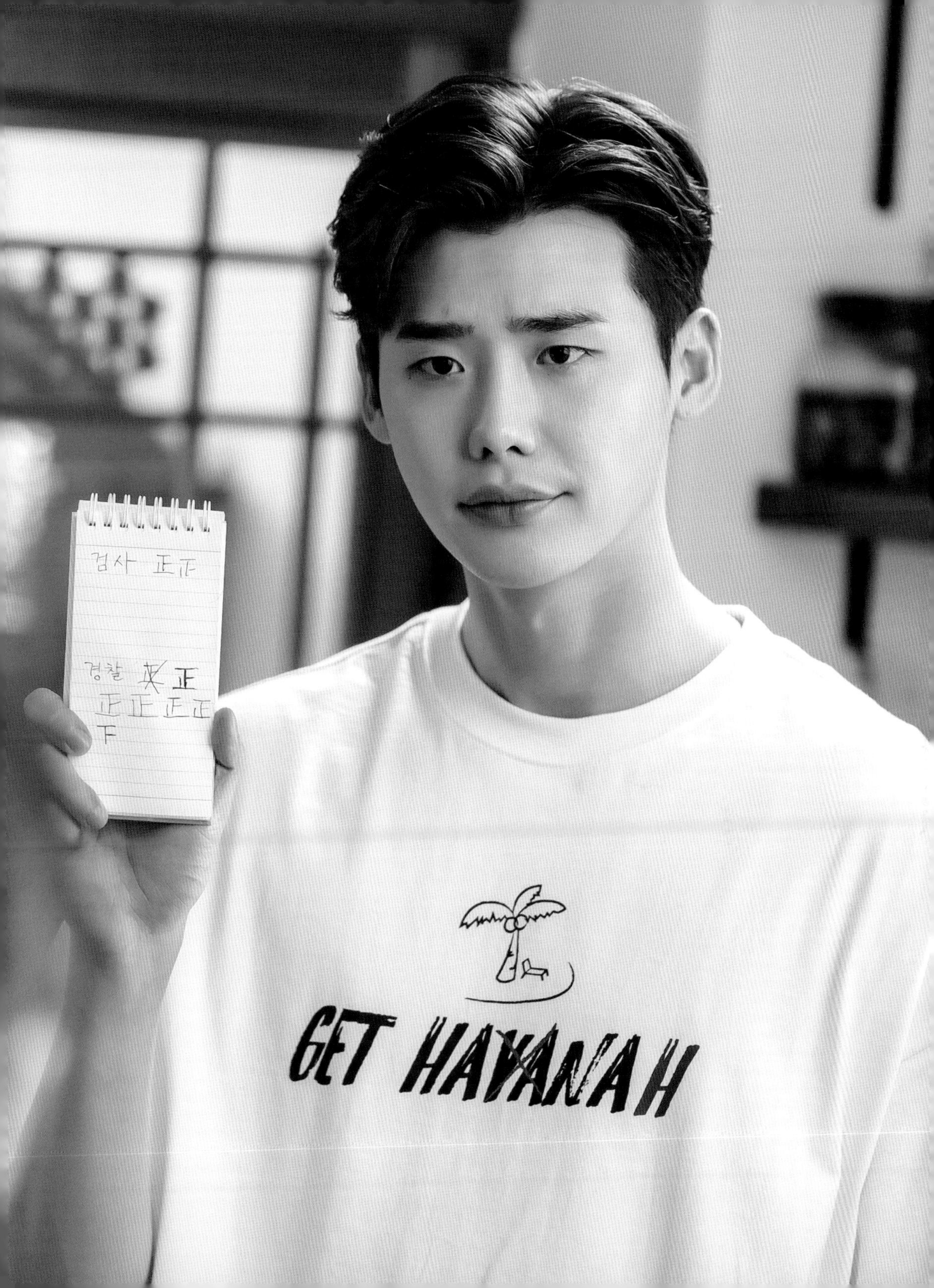
검사 正正
경찰 正
正正正正
下
GET HAVANAH

그냥 다 지나간다고.

지금은 별거 같아도 지나면 다 별거 아닌 게 된다고.

믿기지 않겠지만

언젠가 농담처럼 얘기하는 날이 올 거라고.

그러니 그날을 믿고 버티라고.

그렇게 모든 선택이 옳았다고 생각하는 날이 왔다.

오늘, 오늘 같은 아침.

BEHIND STORY

연인인 듯, 연인 아닌, 연인 같은 말몽이들

추우니까 리허설 때도 꼭 붙어 있자~

삼겹살집에 이런 알바, 환영입니다~

백수인 줄 알았지? SBC 남홍줍니다!

280

소중한 홍주 명함, 홍주 번호 입력 완료!

이런 출근길이라면,
1년 365일 출근하겠습니다!

영덕대게 닮은 남자! 기럭지 탑재한 형사3부 정프로!

이 구역의 셀카 장인, 나야 나!

오구오구 우리 말석이, 졸려쩌옴? 피곤해쩌엄?

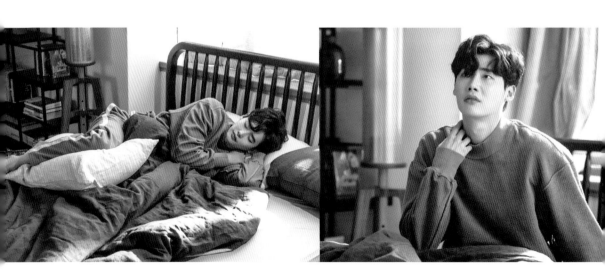

말석이가 피곤한 이유, 이 형아 때문

298

왜 자꾸 엮이는 거냐...

나, 일부러 그런 거 아니다, 신프로야!

나 지금 떨고 있니?

삼룡이 나르샤 결성! 믿을 수 없을 만큼 놀라운 공통점!

사랑과 우정 사이

세상 멋진 폴리스 한

남자는 다 똑같다? 우탁이의 반전 매력!

한우탁, 한경위,
3년 뒤엔 아마도 한변호사!

가만히 있어도 화보네, 화보야!
이러니 내가
반해 안 반해

바다는 입수지!

허그는 백허그!

이 여자가 겁도 없이! 여기가 어딘 줄 알고!

언젠가는 우리꺼! 꿈의 빨간차!

홍주를 위해서라면 준비된 남자가 되겠어

예쁘게 찍어주세요!

언제나 뜨거운 현장
놓치지 않을 거예요!
소중한 내 선풍기!

오구오구 목말라쪄염?

이거 심각한 장면인데... 자꾸 웃음이 나요...

눈치 없는 게 똑닮았다! 재찬 승원 형제 케미!

계장님, 유범이 형한테 가지 마! 헉!

궁디 팡팡! 촬영 끝~!

대본리딩이 엊그제 같은데...

아쉬우니까, 말몽이들 설렘주의 다시 한 번

당신이 잠드는 사이에

기획 이용석
제작 정훈탁 황기용
극본 박혜련
연출 오충환 박수진
출연 이종석 배수지 이상엽 고성희 정해인 외

제작팀장 정성국 | **제작PD** 김나현 김은미 | **제작행정** 차상헌 김아람 | **법무지원** 류재권 문규동 정승교 | **마케팅사업** 장경민 | **마케팅총괄** 임정민 | **마케팅PD** 주지성 유세리 | **촬영감독** 황민식 황창인 배홍수 | **촬영 1st** 김민우 김규현 홍민호 | **포커스풀러** 차영우 최중혁 이승민 | **촬영팀** 박유빈 김기태 김정빈 황성태 곽미연 이국호 이상민 박선규 이민진 천광희 | **조명감독** 김대열 남기봉 | **조명 1st** 지호성 이원희 | **조명팀** 최홍석 김지훈 박천범 주양태 이준용 궁석우 안승민 이대종 이강계 김기태 박현철 이건하 노민석 | **발전차** 김흥규 김기호 | **동시녹음** 박주호 허준영 이대로 양진현 강현석 박경수 김다정 | **GRIP** 정성영 김학균 한두성 이규환 온대균 이지호 김일호 이종상 차정욱 | **항공촬영** [팀꾸러기] | **지미집** 정석원 문주천 윤찬웅 한가람 송광호 | **스테디캠** 박성욱 | **모비** 강문봉 | **미술감독** 이하정 | **세트디자이너** 한정훈 강은지 | **의상디자이너** 이성훈 최주리 | **의상** 이두영 이영수 | **의상차** 채왕재 | **팀코디** 조정은 | **분장** 손희승 하혜경 이보미 | **미용** 김은희 김윤조 | **특수분장** 김봉천 박영진 | **미술행정** 최연현 | **작화** 김지영 김형관 | **전기효과** 정기석 심성열 | **소품** [구상] 나호민 심아리 김혜지 황정우 김선영 | **인테리어디자인** 장진경 | **그래픽** 문청희 | **무술감독** 강풍 | **무술지도** 임승묵 | **특수효과** [D&D] 도광섭 도광일 | **보조출연** 김성원 김철진 양지훈 최성민 박재석 | **캐스팅 디렉터** 정치인 심원보 | **사고차소품협조** [액션카] 고기석 | **촬영버스** 최명환 김철환 | **연출차량** 강하구 이정한 | **카메라차량** 최재철 황경태 권회갑 | **레카** 임삼수 | **편집** 박인철 | **편집보** 오진아 | **CG** [디지털아이디어] 박성진 | **CG수퍼바이저** 박명성 최용오 | **CG** 양영진 이혜수 함혜진 | **색보정** [인스터컬러] 김영근 | **효과** [모비사운드] 박준오 이승우 | **종편자막** 최호진 | **음악감독** 박세준 | **음악** [재미난 생각] | **오퍼레이터** 김동혁 | **O.S.T.** [가지컨텐츠] 최성욱 최성권 손주광 허상은 | **현장사진** [오감도] 김도현 송현종 | **메이킹필름** [오감도] 장성훈 | **대본인쇄** [슈퍼북] | **포스터** [빛나는] 박시영 박현규 김병훈 이창주 | **포스터 사진** [오감도] 김도현 | **홍보대행사** [스토리라임] 조신영 최민지 김수연 | **SBS 홍보** 이일환 | **SBS 홍보사진** 서창식 | **웹기획** 권미나 | **웹제작** 김비치 | **웹운영** 유현진 | **콘텐츠제작** 현재휴 | **법률자문** 손영은 이형준 | **경찰자문** 김평중 | **기자자문** 정혜경 | **보조작가** 김두현 정수진 | **SCR** 김선미 이윤아 | **데이터매니저** 신두섭 이민선 | **로케이션** [로얄퀘스트] 박동선 오세준 허태범 | **FD** 임현태 최성민 김홍주 이은이 김찬섭 | **내부조연출** 심혜민 | **조연출** 한태섭 김문교